낙동강의
눈 뜬 생선

낙동강의 눈 뜬 생선

발행일　2023년 5월 17일

지은이　김영순
펴낸이　손형국
펴낸곳　(주)북랩
편집인　선일영　　　　　　　　　편집　정두철, 배진용, 윤용민, 김부경, 김다빈
디자인　이현수, 김민하, 김영주, 안유경　제작　박기성, 황동현, 구성우, 배상진
마케팅　김회란, 박진관
출판등록　2004. 12. 1(제2012-000051호)
주소　서울특별시 금천구 가산디지털 1로 168, 우림라이온스밸리 B동 B113~114호, C동 B101호
홈페이지　www.book.co.kr
전화번호　(02)2026-5777　　　　　　　팩스　(02)3159-9637

ISBN　979-11-6836-897-2 03810 (종이책)　　979-11-6836-898-9 05810 (전자책)

부산광역시 **B.Cホス亡** 부산문화재단
BUSAN METROPOLITAN CITY

본 사업은 2023년 부산광역시, 부산문화재단 〈부산문화예술지원사업〉으로 지원을 받았습니다.

(주)북랩 성공출판의 파트너

북랩 홈페이지와 패밀리 사이트에서 다양한 출판 솔루션을 만나 보세요!

홈페이지 book.co.kr　•　**블로그** blog.naver.com/essaybook　•　**출판문의** book@book.co.kr

---

작가 연락처 문의 ▸ ask.book.co.kr

작가 연락처는 개인정보이므로 북랩에서 알려드릴 수 없습니다.

낙동강의 눈 뜬 생선

김영순

 북랩

시인의 말

  소중한 나의 일기
  세상 빛을 보게 되니
  평생 강마을에 살아온 보람이다.

  먹거리 소복하게 담아 강가를 맴돌던 아이들
  칠점산 자락에 들꽃 꺾어 손 흔들 때
  지나가던 미군 트럭 병사들
  헬로 헬로 손짓하며
  던져주던 초콜릿
  서로서로 너 한입 나 한입.

  아직도 목젖이 달아
  그 시절 메아리로
  강서를 응원한다.

          2023. 5. 낙동강변에서 저자 김영순

차례

5 ——— 시인의 말

제1부

14 —— 강마을 사람들 1

15 —— 강마을 사람들 3

16 —— 강마을 사람들 5

18 —— 낙동강 술래잡기

19 —— 엄마 아, 해봐 2

20 —— 가을소풍

22 —— 낙동강을 아느냐 1

23 —— 낙동강을 아느냐 3

24 —— 갈대의 순정

26 —— 한평생 그 강물을

28 —— 실크 바람

29 —— 삼베 바람

30 —— 서울 간 님 1

32 —— 서울 간 님 2

34 —— 낚시꾼의 사연

35 —— 불 꺼진 세상

36 —— 노부부 1

38 —— 노부부 2

제2부

42 —— 늦가을 빈집

43 —— 가을 메시지

44 —— 강마을에 살다 보니

46 —— 그 강을 건너지 마오

47 —— 성난 파도

48 —— 낙동강 사계절 1

50 —— 낙동강 사계절 2

52 —— 모기

53 —— 엄마의 노래 1

54 —— 엄마의 노래 2

55 —— 엄마의 노래 3

56 —— 강변 할미꽃

57 —— 보리밭 2

58 —— 보리밭 3

59 —— 보리밭 5

60 —— 낙동강의 봄

62 —— 의녀義女 어란 여인

제3부

66 —— 손자바라기

67 —— 구포역 새마을호

68 —— 약손집 1

70 —— 약손집 2

71 —— 주말농장 1

72 —— 주말농장 2

74 —— 입맛

76 —— 침대 생활

78 —— 내일이 있으니까

79 —— 엄마가 뿔났다

80 —— 봄은 언제 오려나

82 —— 순덕 엄마 1

84 —— 순덕 엄마 2

85 —— 볼일

86 —— 골목길 악동들

88 —— 텃밭 세상

90 —— 먹방 1

91 —— 먹방 2

제4부

94 —— 시를 쓴다 1

95 —— 시를 쓴다 2

96 —— 물 1

97 —— 물 2

98 —— 다시 어린아이

99 —— 어른이 되면 1

100 —— 어른이 되면 2

101 —— 아버지

102 —— 어머니

103 —— 가장 젊은 날 1

104 —— 가장 젊은 날 2

105 —— 며느리와 딸

106 —— 낙동강 홍수

108 —— 고민녀 1

110 —— 고민녀 2

112 —— 고민녀 3

제5부

116 —— 고추밭 풍경

117 —— 열무와 엇갈이

118 —— 니가 왜 이제사 나와

120 —— 대구 금달래

122 —— 금쪽이들 1

123 —— 금쪽이들 2

124 —— 길을 걷는다 1

125 —— 길을 걷는다 2

126 —— 동아전과 1

127 —— 동아전과 2

128 —— 왜 그랬을까

129 —— 주상댁 제삿날 1

130 —— 주상댁 제삿날 2

131 —— 외로움

132 —— 행복의 조건

134 —— 겨울 허수아비

136 —— 낙동강에서

138 —— 낙동강은 말이 없다

140 —— 낙동강의 눈 뜬 생선

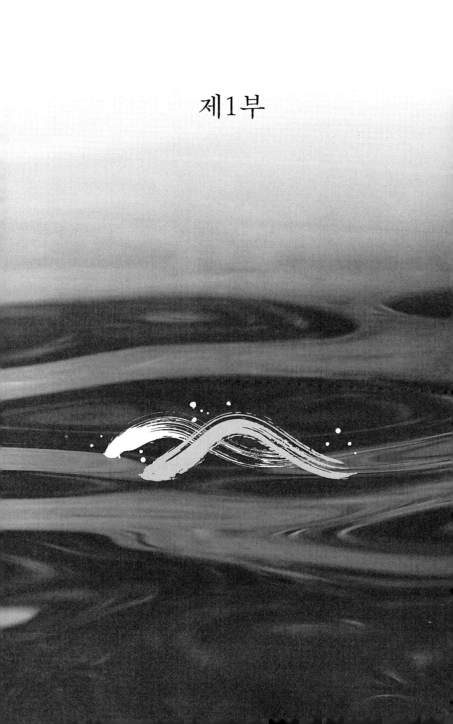

제1부

강마을 사람들 1

개화기를 익힌 강마을 사람들

잡아먹고 따서 먹고 건져가던 낙동강

내가 놀던 바윗돌에 옷도 말려, 신발 말려

등물 치던 사람들 사우나 고급지로 행차

잊었느냐 명콤비 명자야, 기적이 없네

사랑도 눈물도 강둑에서 만났다 헤어지고

우리들 유년은 거칠어도 풍요롭기만

인간들 호작질에 맛조개 징거미 숨어버리고

참게 건져 올리던 검은 고무신도 역사 속으로

바위틈에 촛불 켜고 동당동당 영혼 달래던 소리

과거를 짚고 또 짚어도

신난다 드링크 마구 마시며 놀던 낙동강

나만 혼자 걷고 있네

강마을 사람들 3

일급수 강물로 먹이 한 끼를 때우고

강이 주는 이로움은 한바다 밑까지

순자 엄마 맛조개 걸망 메고 집으로 날고 뛴다

집집마다 하얗게 연기를 피울 때

선창가 호롱불 밝히는 정마담

신대륙 선창가는 용이 아빠 밤무대

아가씨 섯가락 징단에 놓아나는 재수아재

차여사 멱살에 끌려가는 용이 아빠

니캉내캉 죽어야 팔자를 고치겠다

상처 난 저 강물로 오늘 끝이 보이네

뒤돌아보니 자식들 손사래질에

또 돌아보고 오늘만 참아볼까

밥줄이 끊긴 정마담 기다림에 지쳐

보따리 싼 지 오래전 어디서 장단놀이 하겠지

돈 떼인 남자들 말 못하고 날마다 골병들었다네

강마을 사람들 5

어영차 바다여 현장 목소리 우렁차다

밥심 남자들 거물 둘러맨 구릿빛 얼굴들

건지고 낚아서 걸망을 채워서

곱씹어 먹는 식객들 잔뼈가 굵었다

귀에 익은 딸그락 딸그락 재첩 씻는 소리에

갈품 뽑아 빗자루 만들어 구포시장 직행

집 나간 웃음들이 슬슬 들어간다

낙동강의 눈 뜬 생선

오빠 학비 현찰로 보내고

언니도 시내로 시집 보냈다

온갖 찰진 묘기 재주 부리던 낙동강 둑길

살기 위해 배 띄우고 먹기 위해 고기 잡던

강마을 사람들

낙동강 조개잡이는 내 운명인 듯했는데

잠에서 깨어보니 펜트하우스에 살고있네

낙동강 술래잡기

강물이 맑나 시냇물이 맑나, 강물이 맑지

배고픔에 묵은 노랫소리들

무궁화꽃이 피었습니다

꼭꼭 숨었나 머리카락이 안 보인다

깜짝 놀란 술래가 호야 빨리 안 나오나

강물에 떠내려갔으면 어쩌지

강바다는 넓고 아이는 작아

호야호야 빨리 안 나오나

메아리 소리로 들었던지

자장가 파도소리 바위 틈새 잠이 든 호야

슬며시 머리를 내밀고 히죽 웃으며 일어난다

살아 있음에 차례대로 꿀밤 한 대씩

별똥별 사라질 때까지

눈 가리고 무궁화꽃이 피었습니다

낙동강의 눈 뜬 생선

엄마 아, 해봐 2

벌건 아궁이 불을 지피는 엄마

휘휘 저으며 뭔가 끄집어내더니

부지깽이로 톡톡 탈탈

아궁이 속으로 다시 밀어 넣는다

한참 있다 가보니 엄마 입가에 오물오물

어깨 너머 엄마 혼자서 뭐 먹노

엄마 아, 해봐

부엌으로 잘못 기어들어온

맛도 지지리도 없던

똥게 굵은 앞다리

가을소풍

소풍 때 아버지 꼭 이발소로 앞세운다
가을소풍 즐거움에 잠 못 이룬 것도 잠시잠깐
이발사 가위로 찰칵찰칵 위협하며
뒷머리 가위로 막 쳐서 단발머리 올라간다
뒤통수가 드러난 이 꼴로 소풍은 못 간다
엄마는 달걀 두 개 김밥 두 줄 손에 쥐어준다
흐르는 눈물 주워담고
조용히 대문을 나와 친구 피해 강둑으로
따라붙는 그림자도 싫다

해가 중천에 오니 달걀에 자꾸 눈이 간다

달걀 반 눈물 반 간이 되어 맛이 있네

슬픈 가을소풍 수난이 지나간 지 오래전 일

강가에 앉아 그때를 생각하면 수시로 앓는다

아버지 독재도 멈춘 지 오래전 일

나는 더욱 여물어져 어느덧

강둑 실그로드 밋진 길을 걷고 있다

낙동강을 아느냐 1

일렁이는 파도가 멀미를 일으키고

웃음고개 울음고개 해조음 소리

무심해라 파도가 나의 뺨을 때리네

산산조각 멍든 인생 파도에 씻어내고

재첩 찾아 갈게 찾아 강바닥 파고파고

세월을 품어 바닷길을 열어줘도 나는 못 가네

목젖에 걸린 속 때를 밀고 또 씻어도

절대 비밀 수행에 아직도 묵언정진

가는 걸음 멈추고 판도라 상자를 열어보니

벌거벗었던 둑길 화려한 치장에 너도나도

상춘객 커피잔에 세월을 잊을까 봐

노랫소리 메아리 옛 아이들을 기다린다

낙동강의 눈 뜬 생선

낙동강을 아느냐 3

광활하다, 낙동강둑 열린음악회

둘이면 좋고 셋이면 더 좋고

강물에 비친 내 얼굴 언제나 맑음

팔다리 걷어 올려 강바닥을 파고 긁고

오돌오돌 조개가 지천이건만

반도 못 채운 소쿠리 언제나 땅을 짚어

땅거미 어둑살이 내려갈 때

들물이다 빨리 안 나오나

귀에 익은 엄마의 떨리는 목소리

가난한 빈 소쿠리 씩씩하게 들고

엄마야 누나야 강변 살자

호흡이 척척 집으로 간다

갈대의 순정

얼어붙은 낙동강물 보드랍게 풀어주던

기타 소리는 겨울강을 건너갔다

철새들도 키를 낮추고 사뿐히 앉아서

고개를 갸우뚱거릴 때

갈대밭 사이사이 이명처럼 들려오던 물오리 소리

참게가 엉금엉금 물대포를 쏘아 올리고

제집으로 쏘옥

하모니카 앞주머니 멋지게 꽂고 기타를 멘 오빠들

순둥이 작은오빠 휘파람 불며

행군하는 뒤를 따랐지

형제들 안식처는 언제나 갈대밭 사이

밤 깊은 마포종점 노랫소리에 가슴이 뭉클

감미롭던 그 소리에

신선도神仙圖를 자랑삼던 오빠들이

지난날을 잊었는가

가요무대 팬이 되어 박수 치고 노래하고

스쳐 지니기는 귀에 이은 누랫소리

증거를 남기고 댓글도 달아주네

한평생 그 강물을

회오리바람 먹구름이 심상찮다
어둠이 짙어지고 사방이 컴컴하네
남풍 따라 액운이 날아든다
길 잃은 뱃사공 상류로 하류로 헤매며
북풍 불어 가거라. 뱃사공 목이 쉰다
하늘에 구멍이 나 어화둥둥 뒤집힌 강물
참게들이 만든 낙관도 물길이 쓸어가고

낙동강의 눈 뜬 생선

그 갈퀴에 함께 휩쓸려버린 아들
애지중지 날개가 풍랑 맞아 꺾어지자
기찻길 옆 오막살이 불이 꺼지고
촛불 밝혀 어두운 밤 밝히고 앉았던 아지매
어머니, 제발 그 강을 건너지 마오
용산댁, 팔십 평생을
그 상물 보며 실고 있다

실크 바람

백양산 까칠한 삼베 바람 타고

재첩 잡던 그 여인

낙동강 강물 흘러흘러

실크로드 길을 우아하게 살짝기 옵서예

절절이 몸속까지 스며드는 감미로운 맵시

강둑길 실바람에 사뿐히 넘어오네

스치는 바람에 다칠라 꽃비라도 내릴까 봐

정교하기에 서럽도록 고와서

살풋 접어 뒤로 감춘다

봄나비에 둘러싸여 온몸의 전율은 어디다 비할까

연보라 실크목도리 얼굴 살짝 가리고

웃음 지으며 실크로드 그 길

강물 함께 걸어간다

삼베 바람

옛사람의 살림에 길쌈이 시작되어
오늘날 무궁한 변신에 명품값이 된 삼베
베개에 곱슬하게 입혀 놓으면 콧구멍도 벌렁벌렁
올 사이로 넘나드는 시원한 바람아
삼복더위 물러가라
내 다리 언니 다리 걸쳐놓고 꿀잠이 들었네
곱게도 풀 머인 까슬까슬 멋을 닮은 시대의 선구자
홑이불 베게 잎으로 실용미를 누빈다
투박한 멋이 되어 신선도神仙圖는 필수
우리 동네 삼베 바람 백양산 실크 바람
언제나 사이좋게 불어오고 날아들었지만
그 세월에는 너무 머나먼 구름 속 동화童話
마음속 색동옷만 그렸다

서울 간 님 1

가방 짐을 싸는 아들은 신난다

엄마와 아들은 같이 했던 세월이 사십 년을 넘었네

언젠가 떠나감을 예감 못하고 남은 정 어디다 줄까

식은땀 흘리며 지난밤이 그리도 길었네

좋아하던 재첩국 냄비 들고 서성거리다

먹고 가라. 붙잡아도 돌아보지 않는다

제 가족 있는 서울로 가고 없다

낙동강의 눈 뜬 생선

모두가 떠나버린 빈집

가장이 가족 지키려 떠났는데

아직도 내 마음속에 세 번 말하다 제지당하고

철든 아들과 철없는 엄마는 갈 길이 다른데

스스로 달래며 구포시장 헤매다가

빈 장바구니 들고

뜬구름 속에서 속내만 보이고 대문을 연다

서울 간 님 2

아들과의 사십여 년 길고 긴 동거 속에서
이놈아 빨리 가라 벗어나고 싶다
농담 반 했던 말이 씨가 되었네
눈시울 붉히며 너의 손 놓아버렸다
밤이 길다 무심한 리모컨만 만지작
된장 고추장 택배에 이름 석 자 써서 부치고
손자 먹일 완두콩 어깨 메고
구포역 가는 길이 멀기도 해라

낙동강의 눈 뜬 생선

세상 이쁜 아이들과 아내
서로 받쳐주며 잘 살아가고 있구나
중얼중얼 창문을 활짝 여명이 눈부시다
오늘 같은 한 생이 더욱 깊어가는 날
내 자리 다지며 헤엄쳐가고 있다

낚시꾼의 사연

찬바람 털어내고 봄이 오고 있을 때
버들가지 만발한 강가
낯선 이가 사연을 물어올까 뒤돌아 앉는다
살며시 다가가 아내라도 동참하지요
고개를 떨군다 외로움의 두께가 보인다
옆에 앉아도 되겠습니까. 못 들었습니다
어머, 이게 뭐꼬 고함소리
낚싯대가 춤을 추고 날아온다
간 떨어질 뻔한 잔챙이 물고기에 평화가 넘쳤다
저 상처를 감추려 혀끝이 달다
아름다운 진달래꽃 핀 고향 냇가에
쓰디쓴 인내를 감추고 그 자리에 사연을 남긴다

불 꺼진 세상

만발한 벚꽃이 분홍단장으로 화사한 강둑
가지마다 모이지 마라, 멀리 떨어져라
표정 없는 사람들이 모자를 누르고 입을 막고
꼭꼭 숨어라
목젖이 보이도록 웃던 친구들
멀찍이 서서 손사래로 답을 하네
담 넘어 웃음소리 그치고 정전된 도시 거리
저 붉은 태양이 미소 담고 어깻바람만 스칠 때
자연은 비밀을 안고 세상 뭇매질에 눈물이 난다
쉬어가기에는 너무 긴 시간들 사라진 봄나들이
언젠가 입을 열어 마스크 벗고 긴 호흡하며
낙동강 강둑에서 옛날같이 걸을까

노부부 1

낙동강 갈품 뽑고 재첩 잡던 민들레 부부
여든일곱 세세생생 할미꽃이 봉오리를 터뜨렸다
세상 복잡한 머리 털어내고 더 복잡해진 저 모습
모자는 눌러쓰고 마스크로 입을 막고
털목도리 감고
한더위에 땀 흘리며 웃고 있다
기막힌 저 모습에
영감님 늦은 애모의 편지 띄워준다

삶은 달걀 입에 물리고

저 할망구 내가 먼저 가면 어디로 흘러갈지

영감님이 내린 큰사랑에 바른 정신 되면 흐느낀다

늦으나마 할미꽃 봉오리를

양귀비로 쳐다보는 저 눈빛

숨겨놓은 재물 찾을 생각도 없이

시모만 비라보는데

터널 입구는 자꾸만 가까워온다

노부부 2

저 할배가 언제까지 살란지
내 잠들었을 때 온다간다 소리 없이 좀 가거라
똥 묻은 팬티 늘어놓고 날마다 구박
거룻배 고기잡이 할배는 평생 들어온 말솜씨라
나는 참 복이 많아
저 할망구 아니면 벌써 저승 갔을 건데
다음 날 할배는 다리 시술하러 대학병원 입원
어머니, 혼자서 편히 주무셨지요?
글쎄 밤새도록 한잠도 못 잤다

아들한테 전화를 한다 할배 언제 퇴원하노
저승 가기 소원이라며 와 그라요?
이상하다 영감쟁이 없으니 내가 더 아프노
할아버지 퇴원하시어 걸어들어오신다
곰탕국을 짜서 내놓고 어서 마시소, 보약이요!
할아버지 과잉 친절에 못 믿는 눈치로 캑캑
할배요 조금 더 마시소, 더더더더
잘 익은 노부부의 몰래 한 사랑이 이런 거구나

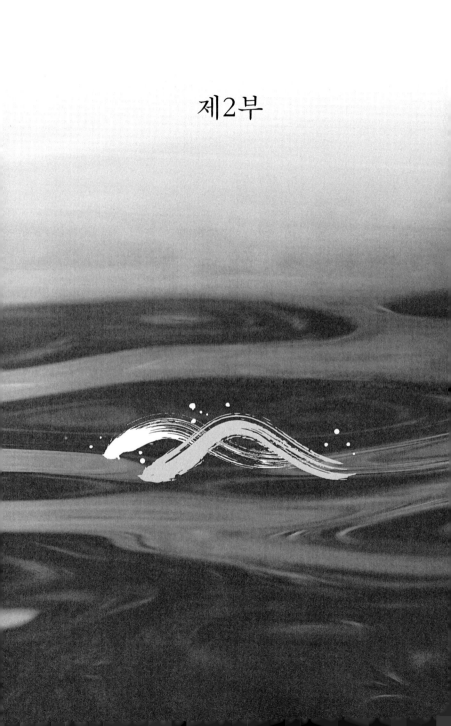

제2부

늦가을 빈집

여보세요, 거기 누구 없소
강마을 외딴 철거민집 담장이 반쯤 넘어갔다
낡은 고무통 위에 올라서면
땡감 세 개 손이 닿을까 말까
감잎만 눈앞에 스르르 떨어지네
담장 너머 농익은 사과 그물에 걸린 듯
간신히 한 개 따서 입에 물고 사각사각
꿀맛에 혀끝이 달다
깍깍 까치집도 기를 쓰고 매달려 있는데
오순도순 알맹이들 다 어디로 갔을까
수천 년 낙동강변의 신도시 개발 예정지
강동동 832번지는 그대로 남아
노을빛 젖은 강물도 저렇게 늦가을스럽다

낙동강의 눈 뜬 생선

가을 메시지

포스터 입에 물고 친절한 미소
쌓여 있네 낙엽이, 세상 업적이 보인다
담 넘어 들려오던 사랑의 메시지
강둑으로 뛰어라 친구와 이마를 맞대고
순이는 모나리자 닮았네
믿고 싶은 한마디 평생 가슴이 두근두근
멀고 먼 세월을 지우고 고치고
기다리던 마지막 메시지까지
양손을 펴고 보니 모두가 헛소리였네
그이가 어깨를 툭 쳐도 누구세요
모나리자 순이도 신경 쇠약에
대문 앞 메시지 개가 물고 달아난다

강마을에 살다 보니

깡통, 공이돌, 몽당치마 나의 무기 들고

유쾌 상쾌 통쾌 웃음 짓고

담 밑 친구들 슬슬 움직인다

집밥을 뒤로한 채 몰밤 까먹고 입이 까맣다

물속 참개구리 깡통 채우면

먹이로 닭들이 서로 물고 달아난다

운 좋게 방생해 살려주며 수행하는 마음도

손이 시려워, 발이 시려워 여름에 추위가 온다

턱이 덜덜 입술이 파래도 표정은 샤랄랄라

낙동강의 눈 뜬 생선

우리들 공주치마, 젖은 몽당치마 뒤로 감추고
늦은 밤 붕어 한 마리면 개도 안 짖는다
똥개가 먹이로 장난칠 때 훅 들어가
있는 듯 없는 듯 온돌방 더듬더듬 날이 밝았지
강물 줄기 이 마을을 수없이 돌고 돌아드니
평생 못 들어 본 말
곱게 살았군요

그 강을 건너지 마오

회오리바람 먹구름이 심상찮다
어둠이 짙어지고 사방이 컴컴하네
남풍 따라 액운이 날아든다
길 잃은 뱃사공 상류로 하류로
북풍 불어 가거라 뱃사공 목이 쉰다
애지중지 날개 풍랑 맞아 꺾어지자
기찻길 옆 오막살이 불이 꺼졌다
주인 잃은 아들 운동화 들고
촛불 밝혀 어두운 밤 밝히고 있는 아지매
어머니, 제발 그 강을 건너지 마오

낙동강의 눈 뜬 생선

성난 파도

낮달이 숨고 먹구름이 밀려온다

포말에 거품을 휘휘

짠내를 풍기며 왜 성난 파도가 되었나

시퍼렇게 바닷물이 칼춤을 출 때

천벌이라도 내릴 듯이 할퀸다

뱃머리를 돌리며 출발선을 잃고

강태공 바위 삽고 사생결단 평화가 오기만을

성난 파도 힘이 빠져 연주를 멈출 때

미역 한 가닥 간신히 바위를 붙잡았다

내가 만든 기찻길 첨성대 칼로 물베기로

참게들이 만든 낙관들도 밀물에 쓸어갔다

오리 한 마리 떠밀려 바다춤을 추다가

저 넓은 가슴 되어 세상을 보듬어 주세요

낙동강 사계절 1

초록빛 바닷속 빤히 들여다보면

잔챙이 피라미 다 몰려온다

책보따리 던져 놓고 도시락은 물고기 통이 되고

겁도 없이 징거미 살랑살랑 입질하고

신발 벗어 잽싸게 퍼 담는다

노을이 물들 때면 피라미는 많이 커서 오라고

물속으로 놓아준다

또다시 잡힐까 봐 꼬리로 인사하고

앞만 보고 물속으로 쏘오옥

낙동강의 눈 뜬 생선

등불 보고 갈게들은 갈대밭이 새까맣다

애 어른 소쿠리 양손 들고 갈게 잡으러 뛰어간다

갈게장 담아서 수산시장 내다 팔아

보리쌀로 바꿔먹고

갈대꽃 갈품은 빗자루 만들어 제일 비싼 효자 상품

갈대는 대발 엮어 일본으로 수출,

그 논은 울 언니 시집보냈디

낙동강 사계절 2

바다가 인간에게 주는 양식 쫙 깔렸다

평생을 잡아먹고 건져 먹고 따서 먹고

또 낚아 올린다

눈먼 도다리 맛도 못 보고

아버지 밥상 위로 떠받치고

바다황제 민물장어 몰래 전기로 지지다가

잡혀간 놈 아직 연락 없다

사철 없이 잡아 올린 재첩 맛살 뽀오얀 국물

집안의 대들보 오빠는 두 그릇 퍼주고

통째로 툭 잘라서 초장에 찍으면 입안의 꼬시래기

낙동강의 눈 뜬 생선

냄새 맡고 돌아오는 며느리 가을에는

깨소금 맛 일 순위 전어

소금보다 더 짠 갈게젓갈 일 년 열두 달 밥상

그렇게 저렇게 먹고 살던

우리 마을 장수마을 노인들 수두룩

무심한 하굿둑 막아서서

옛 이야기 하고 있다

모기

지난밤 한잠도 못 잤어
어르신 무슨 일 있었습니까
모기가 하필 중간에 물고 달아났어
다리를 얌전히 모으지 그랬어요
할망구라 편하게 누웠더니
늙은이가 병원 가서 내보일 수도 없고
가려워 못 참아 버물리 발랐다가
밤새도록 불이 나 뛰었다
중요한 자리 바를 걸 발라야지
아니다 늙어도 여자는 여자네
그것이 분명 숫놈이겠다

낙동강의 눈 뜬 생선

엄마의 노래 1

내 손이 내 딸 호미자루 들고
엄마의 봄날은 언제야
지금이지 뭐
갈기갈기 기워 입은 소맷자락
콩밭 정글을 방방곡곡 쪼아댄다
애절하다 몸빼바지 밑단이 내려도
오늘의 삽초 엄마 손에 끝장이다
울퉁불퉁 밭고랑을 넘고 넘어
내리사랑 사랑의 불 조절 찾아
성공의 어머니 영원히 새겨놓고
무수한 사연들 서막에 엄마의 미소
호밋자루 놓는 날 낙화로 꺾이더니
가신 날 막내딸 울다 지쳤다

엄마의 노래 2

큰아들 후원자에

막내아들 애잔하다

이웃집 잔칫날 담 넘어 기다리다

혼자서 눈코입 다 막아놓고

잔칫집 떡고물 떨어질라 애가 탄다

흰 손수건 떡 한 조각 얼른 보태고

뱅뱅 돌다 쓴웃음 보답하고

육 남매 자식이 왔다 갔다

힘대로 뛰어와 신들의 떡파티

오물오물 자식 얼굴 기승전결 웃음 가득

다 주고도 못다 줘서 입이 마른다

낙동강의 눈 뜬 생선

엄마의 노래 3

대문 삐걱, 작은 돌 받쳐놓고

작은 문구멍 또 어둠을 뚫는다

가지치기 막내아들 담 넘어 언제 오나

무게를 꾹꾹 쌀 반 보리 반 소복이 스담아

수건에 돌돌 싸고 또 싸고

솜이불 홈을 파서 묻어 놓고 톡톡 웃는다

식을까 수시로 손으로 데워 놓고

뚫린 문구멍 바람이 숭숭 또 내다보네

젖배 곯은 막내아들 개구리 뒷다리 몰래 삶아

몸도 튼튼 마음도 튼튼 독보적 사랑

알면 병 모르면 약 개구리 뒷다리

평생 속은 막내아들 오늘 내가 신고한다

엄마표 개구리 뒷다리 오늘도 창대했다

강변 할미꽃

그냥 슬픈 할미꽃

산 고개 들 고개 고개 숙이고

청순한 미소 짓고 망설이는 모습

천의 얼굴 하늘 한번 쳐다보라

보송보송 너를 보러 구경꾼이 와 있네

고개 세워 하얀 틀로 옷깃을 세워보세

언덕 위에 묵언정진 이제 끝내고

흠모하고 사랑받는 꽃이 되어보자

하얀 풀꽃이 올려다보고 하얗게 웃고 있다

보리밭 2

오월은 힘겹고 즐겁다

황금 보릿단 하늘 높이 쌓아놓고

손바닥 비벼서 꼭꼭 씹어 껌도 되네

겉보리 서 말에 울고 웃던 정서방

삼촌 이모들 병 주고 약 준 자리

쌀밥을 이겨 먹은 영양 보리빵

한 덩이 보리밥 깡통에 밭이 훔치듯 달아나는 거지

푸대접 거친 보리가 입에서 달다 달아

자전거 페달 밟고 보인다 저기

보리밭 3

잇혀진 희미한 흑백사진 속
잡힐 듯 다가설 수 없는 모습들
머리카락 보일라 너의 뒤에서
쫓겨도 숨어도 찾지 못할 푸른 숲
눈코입 개방된 쾌남쾌녀들
명랑처녀 세상에 취했네
제대하고 오니 사랑도 뺏기고
짧은 만남 긴 시간 성공 없는 성장에
거울 속 나를 보고 매일 놀란다

보리밭 5

바람의 언덕 페스티발 풍광

상큼한 보리 냄새에 끌려간다

들려오는 축음기 소리 장단 맞추며

끼쟁이 삼촌 이모들 로맨스 강둑길

슈트발 뾰족신발도 신났다

늙은 것이 아니라 잘 익은 황금 보리밭

리어카에 보릿단 키대로 던저 올리고

끼쟁이 부대들 정글에 넘어졌다

사랑도 뺏겨 숨어 울던 보리밭

볼 것 다 보고 못 본 채로 스쳤는데도 다음 날

언니 귀는 당나귀 귀

동네방네 불났다

낙동강의 봄

빽빽이 달려 있는 새초롬한 매실 열매

북풍이 숨 가쁘게 쫓겨 가고 사방에 푸른 기운

들판을 더듬으며 날아드는 향기에 들숨 날숨

고향산천 봄이 왔네 몽실몽실 영글어

내 손에 놀고 있다

세상 끓는 소리 온갖 소리 귀를 막고

어깨 맞춘 젊은 부부

캐고 담고 인생 긴 여정을 남기려고

쑥 담고 돌미나리 캐고 쏙 올라온 머위까지

햇살 담은 미소로 배꽃이 하얗게 쳐다본다

다음 날 캘 것을 남겨놓고

믿지 못한 여자가 뒤돌아볼 때

못 볼 것을 보았는지 할미꽃이 고개를 숙여 있네

담뿍 담은 봄 소쿠리 콧노래에

손에 든 커피향이 짙다

의녀義女 어란 여인

한산대첩 오동잎 떨어지는 가을
만호 바다 물고기 잠이 들어 정적이 흐를 때
넘실대는 파도가 근심에 싸여있다
끝이 없는 바닷길 나라 패싸움
동이 트기 전 바다를 에워쌀 왜군들
풍전등화 위기는 누가 물리치나
이장군 붉은 피가 솟는다
어란 여인 왜군 첩자로 술잔을 따르게 하고
청순함에 혼이 빠진 수장 한잔에 또 한잔
거나한 술잔이 암초에 부딪힌다.

미색을 끌어안고 닻을 내리네

어란 여인 귀에다 출병 기일을 불었다

33척 아군은 133척 갑옷을 뚫었네

하룻밤 정을 준 게 죄라 치마폭 눈 가렸다

천둥 번개 모두 품고 나라 구한 몸

영원히 빛나라 그녀 발자취에 무지개가 떴다

제3부

손자바라기

절대 사랑에 녹아서
심지처럼 꽂혔네
토끼풀로 반지 끼워 줄게
손도 안 잡아서 탈탈 턴다
마음만 심쿵 멀리서 애가 타
돌아선 뒷머리 알밤 같네
고개를 내밀고 행여 기다리는 녀석
바보 할머니 멀리서만 손자바라기
손도 못 잡아본 할머니 그냥 좋다

낙동강의 눈 뜬 생선

구포역 새마을호

인생 실은 국민열차 새마을호
반값 승차에 자주 이용해도 끄떡없다
밤이 깊은 구포역 전광판에
2분 남았다고 반짝반짝
연착했던 비둘기호 못 탈까 왼발부터 올려놓고
살았다는 증거로 전율이 흐른 시절도 있었지
자리노 없는 입석 승객들 누가 누가 힘이 센가
출입구 화장실 세면대 근처
뒷칸에 서서 지나가는 철길을 바라보았다
오가는 참 많은 인연들
찰떡같이 붙어서 자유민주주의가 보인다
술 취한 독백 겹나게 누워서 바닥을 핥는다
어둠 속 달리던 새마을호 인생을 가득 싣고
국민열차 겨울로 가는 환승역으로 사라져 간다

약손집 1

처진 어깨 고치려 용하다는 약손집 문을 두드리면

키 큰 남자가 안내를 한다

누워서 쳐다보니 눈을 감았네

무마의 세계는 혈관을 누르고

부활의 삶을 찾으려고

식은땀 흘리며 마디마디 굵어진 손으로

온몸을 풀어준다

목까지만 만집니다 그 이상 밑으로 안 갑니다

불공정한 세속 질책도 않고

감은 눈은 한 줄기 빛을 쏘고

발자국 소리로 세상을 다 읽고

일 분도 안 틀리게 사십 분 끝났습니다

이 돈 벌어서 어디다 쓰세요

그도 사나이라 위험한 사랑을 했단다

그년이 현금 몽땅 챙겨 도망갔어요

콧구멍에 마늘 빼먹을 년

똥개 어깨 등겨도 털어먹을 년

약손집 2

눈앞에 가려진 닫힌 문 언제 열리나

실화도 거짓도 없는 세상에서

눈 뜬 장님 수갑 차고 눈 감고 수갑 찰 일 없어라

어릴 적 사분을 떡인 줄 알고 베어 먹다가

형수에게 들켜 죽거라 세상 쓸모없는 인간아

지금은 골라잡은 찹쌀떡 양손에 쥐고

쓸모 있는 인간 되어

눈 뜬 장님에게 약손은 처진 어깨 바로 세워

일손이 바쁘다

세상 사람들이 그를 찾아든다

눈감고 지는 해를 바라볼 수 없기에

언젠가 둥글게 원을 그려 다시 태어나

다른 세상 만나서 사월의 벚꽃을 바라보고

웃음 짓기를

주말농장 1

자연이 주는 선물 촘촘한 열무밭에

소풍 가듯 달려가 편리한 대로 심어둔 콩잎 따서

옛날식 물김치 담가놓고

힘 부치게 많이 달린 올고추

달랑달랑 홍색을 띄운다

뙤약볕에 죽었다 깨어난 참깨모종

여우비 맞고 새춤 추고 일어섰다

날마다 새순만 보이는 땅두릅 향기 취해

내 마음 꽂아놓고

경계선도 모르는 고구마 줄기 열무밭 덮쳐버렸네

숨도 못 쉬며 헉헉거리며 주인 오기만

할 일이 여기 있네 눈물을 거둬주고 쓰담쓰담

상관없는 가시오이 하늘만 쳐다보고 올라가네

주말농장 2

키우는 재미 보는 재미 도시인들 문전옥답
월광소나타에 발 맞추듯
올해 열 포기 내년에는 스무 포기 정하고
이중삼중 안전벨트 메고 하룻밤 사이
오이가 몽둥이만 하다
멀찌감치 머위대는 간섭 받을 리 없어
내 맘대로 끝까지 붙어 있다
엉덩이 간신히 붙인 얼갈이가
벌레 뜯겨 뼈만 남아

저 집 텃밭 주인 저래 놓고

코로나에 격리되었나

잡풀 밑에서 땀 흘리며 죽기 직전

꽃상치 여우비 맞고 간신히 인상 폈다

의젓하게 밭고랑을 지키는 수염 단 옥수수밭

이 집 화초호박 저 집 늙은호박 주렁주렁

빨간 방울노마토 입에 물고 밭고랑을 나온다

입맛

열무 옆에 엇갈이 심어 부지런 딴딴
아침저녁 물 주기에 키 재면서 밀고 나온다
아들네 뽑아 줄 생각하니 기쁨이 두 배
이상타 갈수록 열무는 곱게 자라는데
엇갈이는 구멍이 송송
호박꽃은 벌레가 올까 봐 숨소리도 안 낸다

다음 날 열무는 바로 섰는데 엇갈이는 뼈대뿐
같은 날 심었는데 왜 엇갈이만 갉아먹지
엇갈이가 열무보다 맛있다 옆집 아저씨 중얼중얼
엇갈이 다 뜯어먹고 내일부터 열무한테 갈끼다

눈치코치 싸움 끝에 남은 잎사귀들
엉성한 것들도 물김치 맛나기는 그저 그만인 아들
열무보다 엇갈이가 맛있다는 것 벌레한테 배웠나
시골 벌레와 서울 아들 입맛이 같다

침대 생활

숙면에 좋다는 신식침대 꽃방석 꾸며놓고
푹신하게 정을 붙이려고 베개를 낮추어
발을 올렸다 내렸다 엉덩이 들었다 놓았다
간격을 품에 안고 경사가 지기 시작
침대 모서리 부딪혀 무릎팍이 시퍼렇다
선잠에 밤새도록 조상만 보이고 벽을 친다

공중에 뜬 듯, 거울에 갇힌 듯

파닥거리다 베개는 찾을 길 없고

새벽잠에 이불은 침대 밑 경로를 벗어났다

땅바닥에 노숙자처럼 날이 새기만을

하룻밤 사이 얼굴에 살이 핼쑥하다

비틀어진 어깨 두드리면서 온돌방이 내 운명

고품격 침내 생활 하룻밤으로 만족한다

내일이 있으니까

연분홍 치마가 봄바람에 자취를 감추고
음성이냐 양성이냐 가려내고 찾아내고
너의 기침소리 놀라 저만치 도망자 되어
지구촌이 흔들흔들 꼭 잡은 손 놓아버렸다
눈동자만 보이는 손자도 오지 마라 손사래질
세상 알림이 카톡방 안 까꿍까꿍 신이 났다
꼭꼭 닫은 문 기다리는 지혜를 배우는 시간
문짝은 닫혔어도 세상은 초록꽃이 만발해
활활 타는 봄날에 자유의 종소리 울려 퍼져라
여명이 밝아온다 손잡고 가보자 내일이 있으니까
장마가 되지 말고 소낙비로 지나거라

엄마가 뿔났다

우리집만 왜 통금시간이 정해졌는데
원두막 참외 도둑 다 놓치고
수박서리 도둑이 버린 수박 맛보다
부부는 서로 탓하며 오늘은 엄마의 명예 걸렸네
벌겋게 닳은 아궁이 부지깽이 탁탁 친다
정지문 사이로 진순이가 빼꼼 콧구멍을 벌렁
엄마가 뿔났나 빌긴 부지깽이로 너 이리 와
원망스럽게 뒤를 돌아보며 도망친다
누가 누가 이기나 누가 더 힘이 세나
대빗자루 들고 사방 휘두르고 바닥을 훑는다

봄은 언제 오려나

삼월 봄까치가 사라진 사람들이 그리워
크게 하품하고
인류의 법칙을 어긴 백성들에 진노하여
가운을 씌우고 입을 막아 무릎을 꿇게 했다
경계심에 괜찮은 척 안 아픈 척 대문을 꼭꼭
방한복이 무서워 끌려갈까 봐
가던 길 돌아서고 재채기에 입을 막았다
마음속 탑을 쌓은 지 오래
내 몸속도 믿지 못해 보건소를 쳐다보네
신행도 못 간 부부 기다림의 연속으로
비행기가 언제나 뜰까

낙동강의 눈 뜬 생선

세상 반란에 아들 내외 전화벨이 자주 울린다

손자 우윳값이 모자랄까

자연마저 음양도 감춘 채

독침 같은 바람만 쏘아댄다

생은 어디로 가고 있는지 독침을 잠재우려

화두를 끌어안고

하얀 고무신 스님 따라 세상을 잠재우려

무작정 걸어간다

보인다 저기 터널 입구가 열려 있다

순덕 엄마 1

뚝배기 된장 멸치 세 마리 순간이 장렬하다

순덕 엄마 마법 찌개는 입안이 샤랄라

잘못 걸린 잔챙이도 엄마 손엔 고갈비

출출했던 아버지 밥상을 당긴다

배부른 식구들 초저녁 잠재워 놓고

민주주의 엄마는 지갑 전문 털이범

문구멍을 살피다 아버지 지갑에 꽂혔다

고요를 잠재우고 짧은 손으로 마무리도 잘하네

육 남매는 전부 엄마 편에 서서
떡고물을 기다린다
속고 사는 아버지에 고마움이 더 크다
검문에 들키는 날엔 대문 밖으로
부부싸움 칼로 물베기
치맛자락 잡고 다시 들어간다
새벽잠 샌 부부는 지난밤 일 잊고
농사일이 바쁘다

순덕 엄마 2

동백기름 자르르 자태가 곱다

엄지손 골무 끼고 바늘로 머리를 쓱쓱

구멍 난 옷가지 끌어안고 어둠을 뚫는다

열이 끓어도 엄마 손이 처방전

모질게 살아온 보람 찾지도 않고

자식은 지천에 용 만들어 세상에 우뚝 세웠네

슬퍼라 이승을 몰라보고 요양원서 '어데서 왔능교'

언젠가 심순덕 엄마의 별은 떨어지고

짧은 인생 긴 여정 여운만 남겨놓고

갈아놓은 술 한잔 막내딸은 한없이 울었답니다

~

볼일

요양보호 동반 산책 중

시원한 강둑길 산책하던 어르신

집까지 못 참겠다

가려줄 테니 볼일 보세요

참꽃나무 뒤에 안 보입니다

사람들이 저기 강아지 몰고 오는데

안 되겠다 그냥 가자

두 발 놓기 전 참꽃나무 앞에 서서

급하니 바지가 빨리 안 내려가네

우짜꼬 저기 사람들이 강아지 몰고 오는데

천천히 하이소

갈 길이 바쁜 사람들 관심 없어요

저 사람들도 강둑에

강아지 볼일 시키러 온 겁니다

나는 사람이다 쟤는 개란 말이다

골목길 악동들

변함없이 골목길 우물가는 악동들의 고향

역마살 골목에 스믈스믈 모여드는 도둑고양이들

정의를 품은 아이들만 섣부른 친구는 사절

아 하고 입 벌리면 쏙 들어갈

석이 집 청포도 탐한 지 오래전

날선 눈부리로 밤의 늑대들이 불을 밝힐 때

거무튀튀한 물체가 휙 지나가고

스윽스윽 댓잎소리에 놀라

급하다 자갈길 보도블록

맨발의 청춘들은 뛰고 뛰어

수미산고개 늪고개서 숨을 고르고

논두렁에 내장까지 걸어놓고 화회 벗고 보니

눈썹이 반달 같다

꼬리가 길면 잡힌다고 누가 말했나

고도의 담 타기로 한숨 한번 크게 쉬고

설익은 청포도 입에 물고 에퇴퇴 윙크한다

텃밭 세상

빨갛게 두른 동백꽃, 세상 맵시 다 잡았네

덜쩍지근한 아로니아 힘대로

많이 달고 한자리 잡았다

담 밑에 숨소리도 죽이고 얼굴 내밀 때

신경통 특효라며 머위대를 마구 뚝뚝

콩알은 본 적 없이 잎만 무성한 콩잎 따고

장모님표 물김치 사위가 시원하게 잘도 마시네

이래도 저래도 좋은 대파

시퍼렇게 자리 잡고 신경 쓸 게 없다

귀한 땅두릅 대접을 잘해 새순이 쑥쑥 기쁨조

세상 약 안 먹어도 잘 사는 건강식품 상치
벌레에 다 뜯겨 뼈만 남은 엇갈이 잎새는 곰보딱지
담장 아래서 얼씬도 못하는 채송화는
세상 편하게 살고 있다
뽑아도 밟아도 고개 처드는 잡초 너는
시세도 없는 것이 칼칼하게 서 있거라
낫 들고 비로 간다
상치쌈에 오이 따서 촌스런 밥상 차려놓고
서울 간 우리 아들 뚝딱뚝딱 잘 먹을 텐데

먹방 1

살기 위해 먹느냐

먹기 위해 사느냐

먹는 전쟁 시합이 땅

식탐에 입꼬리가 올라간다

짬뽕 짜장면이 양파 속으로

보여주기 한 아름 안고

목구멍이 포도청

신나게 먹고 약해지는 모습

대리만족에 외로운 그늘이

나의 개미허리에 앗싸 커튼을 벗는다

낙동강의 눈 뜬 생선

먹방 2

먹방에 훈장이 붙었다
흥미 있다 이유가 있겠지
행복한 먹방 웃음들
양파 속으로 들어간다
배부른 즐거움이 여기에
내 돈 없이 배부르니 좋다
한 아름 안고 행복한가
잔다르크 영웅 될 것도 아니고
빈곤이 느껴진다
딴 세상 놀이에 졸음이 온다

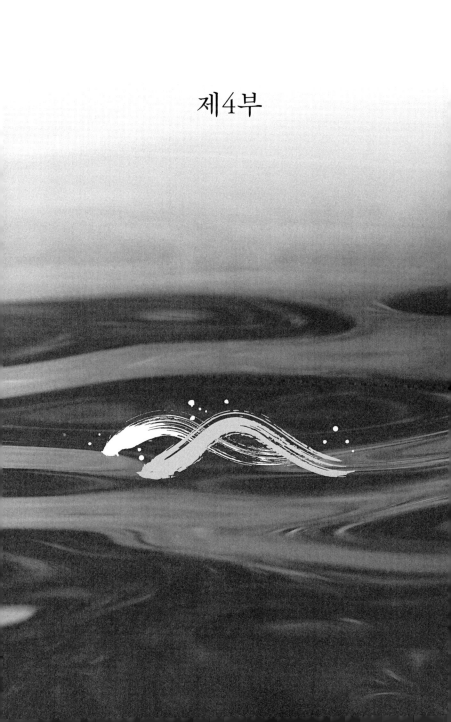

제4부

시를 쓴다 1

만건곤 독야청청 한 그루 나무
눈앞에서 온몸을 비추자
지란지교 우정 찾아 대서특필
온화한 미소로 침묵이 꿍꿍
파란 신호등 메시지가 보인다
몇 바퀴 비상하다 앗싸 주워담자
은구슬은 무심하게 데구르르
무릎 꿇고 숨고르기
누가 나에게 상을 내릴 것인가
시 공부 세상 참 어렵네

낙동강의 눈 뜬 생선

시를 쓴다 2

타고난 카리스마 변명이 시작된다
곰탕 같은 사연이 왔다 갔다
다다다다 뛰지 말고 향기 품고 고상하게
보여줄까 말까 내놓을까 말까
살 만큼 살았으니 태산 같은 보따리들
웃음보따리 헤쳐놓고 코를 꿍꿍
봄이 가고 여름 지나 기을이 와도
잠든 시는 눈꺼풀이 스르르
천혜향을 품에 안고 저기 단풍 들었네

물 1

아름답고 화려해라 물의 입자
죽는 날까지 인간은 물을 머금고
정한수 한 사발 소원의 메시지가
바위가 막아서도 부드럽게 지나는 물
인생은 물같이 살라 했네
자연이 주는 우주의 생명물
슬픔도 기쁨도 눈물을 매달고
칼로 물베기라 떨어질 수 없는
병아리도 물 한 모금 하늘 한번 쳐다보고
어떻게 사느냐 물같이 살라 했네

물 2

윗물이 맑아야 아랫물이 맑지

낙동강 칠백 리 흘러흘러

쌍오리 절래절래 물질 때 사랑스러워

달콤해도 짠맛에도 물물물

죄지은 자에 물고문이 있을지라도

심장이 터질 때 고마운 생명수

내 마음의 물도 에메랄드색 화려하다

억울해도 슬퍼도 기쁨의 물물물

하늘이 무너져 땅이 꺼져도 물은 솟아나겠지

다시 어린아이

변해 버렸네 백발로

팔십하고 오 년 나이테

나무꾼과 선녀로 만나

처녀가 어른 되고 어른이 아이 됐네

빛바랜 학벌은 높이 달아놓고

명랑처녀 매일 웃는다

한사코 늙지 않는 된장 맛은 손에 쥐고

쌓아둔 양식 야금야금 다 넘겨주고

다 까먹어도 내일이 두렵지 않다

어른이 되면 1

좋은 세상 더 살고 싶은데
입을 막고 더 살아서 뭐하능교
오래 살고 싶다 자식한테 말했능교
큰아들 매일 전화 온다
자는 잠에 편히 갔나 궁금했나
육신이 재가 되어 표백제가 되어도
이 세상 역사를 이룬 팔순 부부
처진 눈가에 삐에로의 눈물이 보인다
마음을 훔쳤더니 눈 흘기고 쳐다보네

어른이 되면 2

권력 야욕 젊음은 다 지나도

잊지 않는 한마디

내가 경남여고 졸업했다

어르신 면접 볼 일 없어요

(못 들었을까 봐 한 번 더 재창)

내가 경남여고 나왔다

길을 잃어 달랑이 팔찌를 끼고도

새잎인 양 턱 빠지게 달게 웃는다

꺼이꺼이 멀어져가는 세월

당신이 곁에 있어 하트를 날리네

낙동강의 눈 뜬 생선

아버지

눈을뜨면 담을쌓고
눈감고도 돈을센다
남에게는 어진백성
끝이없는 훈육세계
동심들이 핏줄의심
제우스의 절대권력
무한잔앙 조조빙식
장기집권 탄핵행위
쓰디쓴말 돌려놓고
납골당을 쳐다본다
난언제나 관객일뿐

어머니

쪽진머리 청정미모
행주치마 떡을싸서
동서남북 뱅글뱅글
두배조심 세배배려
하늘보다 높은은혜
자식에게 운명의신
땅을짚고 헤엄쳤다
외세력에 약한엄마
바깥양반 절대권력
변호사도 없었느니
잘참으니 그것또한
추억되어 지나갔네

낙동강의 눈 뜬 생선

가장 젊은 날 1

모래톱 여장을 풀 때 바캉스 신비주의

연모의 편지 가슴에 안고

갈대밭 샛바람이 얼굴을 후벼대도

순진한 여자는 핑계도 많았다

모나리자 같네 소리에 평생 모나리자인 줄

미인도는 즐겁게 살아갈 이유가 있었다

일등 인생 이등 인생도 되어보고

골백번 집 짓고 산 너머 외풍 속 잃어버린 시간들

뽀마드 냄새가 싫어지던 날

짧았던 밤이 한없이 길어지기만

거울 속 나를 보고 매일 놀란다

가장 젊은 날 2

베테랑 담 뛰어넘기는 단숨에
주인을 알아보고 입 다문 진순이 쓰담아주고
풀물 들은 바지 굴뚝 뒤에 숨겨놓는다
할 일은 많은데 밤은 짧아
돌멩이 차서 장닭이 놀라 푸드득
주옥같은 인생사 노래에 담아
적막은 흘러흘러 외풍도 맞고
넘어진 자리 쉬어갈 핑계도
연장 하나 들고 텃밭에 서서
내 몫은 정해 놓고 무릎을 친다
신축년 새해 뜻을 품어보자

며느리와 딸

며느리 온다니 마음이 바쁘다

손녀 먹일 장조림 만들어 보내야지

소고기 한 뭉치 사서 대문에 섰다

빵빵 차 소리가 놀래라

소식 없이 딸이 나타났다

급하다 뛰어라 주방 탁자 밑에

발로 자서 소고기 간신히 숨겼다

엄마 오늘 너무 바쁜 날이네

아휴 까딱했으면 들킬 뻔했네

냉장고 메추리알 와 이래 많노

아그그 친구가 부탁해서 남의 거다

주는 대로 찾아 먹고 용돈까지 쥐어주네

묻지도 따지지도 않는 우리 딸 고마워

다음에는 딸네 집 차례다

낙동강 홍수

급냉각에 낙동강이 불어난다
장대비 홍수로 육지의 동물이 지붕에 떴다
여름 재앙 장대비 세상을 삼킬 듯
숭어 떼 펄떡 뛰다 눈앞에서 사라진다
수박 참외 원두막 집채 물살을 타고 둥둥
주인 손을 놓아버린 짐승들 눈 뜬 채 하류로
하늘에 창이 열려 거대한 산도 삼킬 듯

낙동강의 눈 뜬 생선

제우스의 계시로 인간에게 주는 징벌인가
선과 악 희로애락 가혹한 흔적만이
하늘은 덕망 있는 신앙을 베푸소서
언제 그랬냐 듯이 청정한 뱃길이 열리고
방금 육이오를 건너낸 군부대 옆 아이들은
물살에 밀려든 총알 껍질 줍기에 바쁘다
용서는 사람만이 하는 것이 아니구나

고민녀 1

강물이 쓸어갈 듯 철썩철썩 발을 담그고

낙동강 물에서 휘청이는 저 여인

그치지 않는 울음

걱정스런 가을 잠자리 뱅뱅

역사를 중얼중얼 몸을 태우는 여자

이별의 집을 짓고 타는 시선 피해도 나는 보았다

폴딱 뛰면 그만인데 목숨 놓기 더 힘들지

낙동강의 눈 뜬 생선

죽어야 팔자를 고칠 놈 빌어 처먹을 놈아

너도 안 되면 나도 안 되겠다

가을 하늘이 푸르네 기회는 또 오겠지

테헤란 빌딩을 탐낸 것도 아니고

상품성을 되찾고 영업 끝났어요

반짝이는 별을 보고 또 집으로 가는 거다

고민녀 2

들이쉬고 내쉬고 눈동자가 풀렸다
죽었다 깨어나면 달라져 있을까
휘어진 어깨 들썩들썩 수위가 높아간다
손만 잡았는데 큰애를 가질 줄
제 발등 찍고 밤바다에 올 줄이야
짠내 나는 강가에서 사연은 나의 몫
선택에 여지가 없네 낙동강이여
가진 게 없으니 잃을 것도 없네

낙동강의 눈 뜬 생선

다 떨어진 쩔녀의 서러움
폴딱 뛰면 그만인데 또 돌아보니
보일 것 다 보이고
사방을 돌아보니 내 편이 보인다
대선소주 생각에 밀당을 끝내고
너도 안 되면 나도 안 되겠다
또 그냥 기는 거ㅏ

고민녀 3

부족한 사람끼리 영 대 영으로 만나
내리사랑 주면서 끌어안고 살았다
한 소대 금쪽이들 최고의 선물
골백번 집 짓고 산을 넘었다
사랑의 불 조절에 촌스런 웃음 짓고
순진한 여자는 날마다 늘어지는 긴 호흡

목구멍이 포도청에 떨리는 발자국
사타구니 유서 일시정지 만지작만지작
남자는 배 여자는 항구
다가오는 배를 한 번 더 붙들고
이상한 개그 보일 대로 다 보이고
수위를 높이니 매력이 보인다네

제5부

고추밭 풍경

신록의 고추밭이 오늘도 정스럽다

무한정 땀방울에 미소 짓고

사랑의 발자국을 남긴다

빨갛게 속속들이 물들어

여물은 고추밭 함성에

힘대로 몸을 실어 기쁨이 짙다

올곧게 익은 고추 소쿠리가 넘치고

픽업해 가는 길 콧노래가 낙동강 넘어갔다

반도 못 큰 난장이땡초

위를 보고 매운맛 활활

고추밭은 날마다 뜨겁다

열무와 엇갈이

열무 옆에 엇갈이 심어 부지런 딴딴
아침저녁 물 주기에 키 재면서 밀고 나온다
아들네 뽑아 줄 생각하니 기쁨이 두 배
이상타 갈수록 열무는 곱게 자라는데
엇갈이는 구멍이 송송
다음 날 열무는 바로 섰는데 엇갈이는 뼈대만
같은 날 심었는데 왜 엇갈이만 갉아먹지
엇갈이가 열무보다 맛있다 옆집 아저씨 중얼중얼
엇갈이 다 뜯어먹고 내일부터 열무한테 간다
열무보다 엇갈이가 맛있다는 것 벌레한테 배웠나
호박꽃이 벌레가 올까 봐 숨소리도 안 낸다
다 뽑아서 시원 물김치로 맛나기로 그저 그만
벌레와 사람 입맛이 같을 리가 없지

니가 왜 이제사 나와

대한민국 젊은이들 강렬한 눈빛에 다 끌려간다
창작의 산물들이여 니가 왜 이제사 나와
코로나로 접은 가게 대구시민 눈물 닦아주고
세상 우울증 몸살하던 여인들
애모의 노래 들려주어 또 몸살났다
뒤집고 엎고 또 뒤집은 그대들
니가 왜 이제사 나와

낙동강의 눈 뜬 생선

동원아 너는 커서 어디까지 올라갈래

나팔춤에 입꼬리 올라가는 수찬이 노래

빛나는 별들이여 파란 융단 위로

언제라도 거기서 나와줘

막걸리 한잔에 목줄이 늘어나듯

봄날이 싱그럽다 젊은이들 축복을 받아라

대구 금달래

게으르고 싶은 날 꽁지머리 묶고
짧은 치마 잠바 위에 빨간 조끼
맨발에 슬리퍼 시장바구니 들었다
애 너 오늘 대구 금달래처럼 이쁘다
뭔 말일까 이쁘다니 듣기는 좋아
참말일까 금달래처럼 이쁜가 거울 앞에 섰다
성은 금이요 이름은 달래 세상없는 고운 이름
눈 크게 뜨고 뒷모습 비춰보니
금달래가 바로 보인다
헝클어진 긴 머리 흰 꽃 꽂고
치마는 벌렁벌렁

웃음 띄우고 아비 없는 아이 업고

뱅그러 금달래 뒤를 따르는 아이들 웃음소리

서문시장 환영인사 금달래

첫 남편에 소박 맞고 이성을 잃었단다

수많은 전설을 남겨두고

세상에서 사라진 지 오래전 일

오늘 금달래 되고 보니

아직은 내 이름 석 자가 좋아

어제의 모습대로 눈썹을 올리고 연지를 바른다

금쪽이들 1

보름달을 세워 놓고 별이 총총

여섯 밥그릇 지휘자 엄마

한 소대 이끌고 진인사 대천명

터울터울 내 새끼 금쪽이들 모아놓고

개천에 용 날까 오늘도 품어안는다

거리두기 하루가 흥하다 흥해

가까우니 적이 되고 멀어지니 궁금하네

날개 단 금쪽이들 세월이 비켜가는데

한 여자 마스카라 흘러내리고

애국자 엄마의 목소리 오늘도 거칠다

낙동강의 눈 뜬 생선

금쪽이들 2

글 잘 읽는 서원당 선구자 큰아들

목소리 큰 둘째 용감한 엄마의 매니저

뿌리를 못 내린 무소유 셋째 눈물이 그렁그렁

숙제가 서러운 넷째 석고대죄 준비됐나

천지분간 안 되는 다섯째 꽃사슴 눈물

축복받은 막내공주 아무데나 이겨먹고

용감한 그 어머니 징검다리 치열하네

후회는 서랍 속에 감추고

교차로 달걀 한판 한눈에 사라지니

이래저래 곰삭은 금쪽이들

금쪽 처방 날아간다

엄마의 진두지휘

거대한 식객들 밥술이 달다

길을 걷는다 1

춤추는 코스모스 꽃나비 사랑길

빈 의자 앉아 달빛이 드리울 때까지

어린 순이 걷다가 또 걷다가

상큼발랄 깨발랄 했을 때

백 년도 못 살면서 오천 년을 아는 것처럼

캡사이신 맛에도 아야야 소리 높이고

야무진 꿈나무 대동단결 공신들

젊음의 권력들을 천지사방 감축드리며

오늘을 회상하며 세월에 익어간다

낙동강의 눈 뜬 생선

길을 걷는다 2

천장을 쳐다보니 열매가 주렁주렁
행주치마 벗어놓고 미화된 기억들이
장님에다 귀머거리 눈시울을 붉히고
햇볕에 앉아서 때리던 시누이도 생각나고
말리던 시어머니 어디선가 편 가르고 있겠네
경제력은 없어도 모성애만 눈물겹다
아직도 걸레 들고 아무데나 서비스
커피잔 우아하게 소리 없는 미소로
걸죽한 입담으로 세상을 붙잡을 줄도
비상 같은 나의 노래 찔레꽃이 구성지다

동아전과 1

비상시 혹 아니면 백
비어있는 머리들 습작된다
거짓을 서랍 속에 감춰두고
동아전과 낯익은 정답들
뒷좌석에 폈다 접었다
본질이 고개 숙인 학문 찾아
이분법도 술술 풀어주니
정답이 꼬리를 물고 따라오네
선생님도 비매품 전과를 보던데 뭐
선생님도 정답 나도 정답
모로 가도 정답이면 되었지

낙동강의 눈 뜬 생선

동아전과 2

책꽂이 일 순위로 꽂혀만 있어도 든든
방학 끝자락 언제나 동아전과
답만 달아서 신나게 뛰어간다
잎만 있고 뿌리는 없어도 우리들 선구자
그랬어도 내 친구 학자도 되었다
정답만 있으니 도랑 치고 가재 잡고
대대로 물려받은 동아전과
너도나도 정답 정답이 좋아

왜 그랬을까

싸우고 손 걸고 영원한 퍼포먼스
벌금도 세금도 상금이 없어도
음정 박자 살아있어 이기고 돌아온다
징검다리 궁금해라 끊어질 듯 뛰고 또 뛰어
볼밤 따서 입에 물고 연잎 우산 받치고
우리들 찰진 표현 치열했었지
날마다 혁명에 엄마를 놀래키고
소매자락 감추고 멘붕으로 들어간다
오늘날 픽하고 웃음이 탈탈 털고 있네

낙동강의 눈 뜬 생선

주상댁 제삿날 1

정지문 사이로 냄새가 수상하네

앞집 뒷집 봉창문 열렸다

암탉 뒤에 병아리도 뛰기 시작

무슨 일 났나 거위가 엉금엉금 뒤를 따르고

장군이가 배추 지짐 물고 달아난다

정지문 사이로 갈치 꽁지 휙

다음 차례 암탉이 물고 달아났네

이것저것 다 뺏긴 거위는

엉금뒤뚱 먼 산을 쳐다보고

일 년을 기다렸는데 또 일 년을

달리기를 못하니 내 차례는 없겠다

주상댁 제삿날 2

담 넘어 지짐 냄새 골목이 끙끙

엄마가 김택수 달력 내려놓고 음력을 센다

손뼉을 탁 치고 주상영감 제사가 요때다

순아 내일 아짐 대문 일찍 열고

솥에 밥 좀 적게 안쳐라

엄마 계산이 틀린 적이 없네

한 상 실은 제사음식 주상댁이 이고 온다

탕국, 나물, 생선, 사과, 탁주까지 내려놓고

제사음식 차려놓고 오늘 아침 행복하다

엄마는 또 달력을 내려놓고

다음 달에 또 제사 들었네

외로움

꽃들의 신음소리 들으려 향수 척척 뿌리고
기다리는 이 있을지 몰라 몸매를 다듬어보자
넘어져도 혼자서 탈탈 뒤돌아본다
고추 한 포기 꽃이 맺었네 가슴이 두근두근
잘못된 것 구겨놓고 다시 펴 웃고 있다
커피향을 마셔볼까 구석진 곳 마련하고
상기된 얼굴들 쫑알쫑알 말잔치들
청포도 에이드 오늘따라 속을 확 풀어주네

행복의 조건

인생의 여정길에 행복을 클릭해본다

무작정 살아온 길 아무 데나 잣대를 대고

선택이 자유라 관계가 주던 행복함

내 것을 나눠주고 있으니 그것도 행복

심장이 널뛰고 사랑으로 영글었을 때

이육사 청포도 옆구리 끼고 이육사를 흠모하기도

담 넘어 진순이가 입 다물어줄 때

어깨 탈탈 쥐도 새도 모르게

이불속으로 쏙 들어가는 흐뭇함

모래톱에 올라서서 보고 있어도

보고 싶은 친구 불러낼 때 행복함

가리야기 머리 잘려 울던 소녀가

노랑물 들이고 최상급 행복

캄캄한 여정길 시 한편 그려놓고

잘했다고 입꼬리 올라간다

잘못했다 손 내밀기가 평생 수행길 너무 멀어

행복의 조건에도 점 하나 남아있어

또 욕심이 붙는다

겨울 허수아비

허허벌판 기댈 곳 없는

바람 부는 겨울 들판

허수아비 반쯤 넘어져

두 팔 흔들고 사경을 헤맨다

떨어진 빨간 샤스 목에다 나비 매고

엄동설한 홑껍데기 흰 저고리에

입은 떡 벌어졌는데

여우목도리 목에 감고 실눈 뜨고 지나가신다

주인마님 알맹이만 톡, 털어가고

도둑도 안 드는 쭉정이만 늘어놓고

양손 들고 팔 아프다

낙동강의 눈 뜬 생선

눈 뜬 장애 겨울 허수아비

법적 문제만 있고 도덕적 문제는 없나

봄이 되면 포동포동 살이 올라

낫 들고 나타날 주인영감

복장이 차도 모르고 콕 집어먹고

나를 한번 쳐다보고

깐죽거리던 비둘기년

추위에 객사를 했는지 보이지 않는다

굳세어라 허수아비 머슴살이 한때다

다시 태어나면 팔자가 바뀐다고

들고양이가 말했다

낙동강에서

갈대밭이 서걱서걱 갈품꽃 필 때면
갈밭 속을 헤집고 슬금슬금 둥지를 만든다
악보 없는 기타소리 '울며 헤진 부산항'에
낙동강도 슬프다
애잔한 하모니카 소리에
동네 처녀 한사코 제방둑으로
두 오라버니 신명난 노랫소리
노 젓던 어부들도 흥얼거린다

마르고 닳도록 제방둑을

신명나게 넘나들고 놀던 때는

깡통 차고 야구공 던지고

술래 잡다 갈대숲에 꼭꼭 숨었다가

잠이 든 범이 친구 지금도 어디서 한잠 들었을까

제방둑의 늙은 잔디 갈구리로 싹싹 긁어모아서

낮에 잡은 재첩국 솥에 불을 지핀다

낙동강은 말이 없다

검푸른 저 깊은 물 속 언제쯤 입을 열까
강 건너 유학한 까까머리 박씨 집 삼대독자
성난 파도 휩쓸려 어디론가 무심히 떠나가고
어이없는 불행에 빗줄에 꽁꽁 묶여
힘없는 나룻배
세상에도 쓸모없는 이 애미 먼저 데려가지
천금 같은 내 새끼, 울부짖는 모정은 슬프다
파뿌리 된 엄마가 아들 사진 붙잡고
죽지도 못한다
동당동당 굿쟁이 바다와 영혼을 달래고
낙동강도 슬피 울며
파란 눈물 흘리면서 낙동강 칠백 리
흘러흘러 떠내려간다

낙동강의 눈 뜬 생선

수십 년 아들 부르며 그 자리 맴돌다

돌이 되어있어도

봄눈 녹듯 녹아내린 잠잠한 저 강은

아는지 모르는지

열길 물 속 안다는 건 오늘날의 먼 수수께끼

한가롭고 잠잠해진 낙동강 물 위에

물오리만 파닥파닥 입질하고

평화롭게 놀고 있다

낙동강의 눈 뜬 생선

꽃잎 벙글고

열매 영글어

봄, 여름, 가을, 겨울이 무수히 지나가 버렸다

순진무구 품었던 마음이 곰삭을 때

순한 눈빛이 빛을 발할 때

검은 머리 찰랑찰랑 심야에 이슬 맞으며

호사시켜준다던 그 남자

낙동강 강둑 가로등 밑에 기대어

지칠 줄 모르는 혼자만의 어깨춤을

애잔하게 하소연했지

다시 꽃잎 벙글고 열매 영글어도

계절 건너뛰면서 겨울이 무수히 지나가

상처 난 가슴을 감추고

외로움의 두께와 허물을 벗으려고

무수히 품었던 젊음의 한때 시나브로 잊으려고

뛰고 뛰던 심장도 닻을 내려

마디마디 새긴 글도 지워져

오늘날 구도자의 마음 되어

구포 오일장 좌판 위에

낙동강의 눈 뜬 생선 되어 멀뚱멀뚱 누웠다